W9-AFW-474

La fiancée de Sky

© Hachette Livre, 2008, pour la présente édition.
Novélisation : Sophie Marvaud
Conception graphique du roman : François Hacker

Hachette Livre, 43, quai de Grenelle, 75015 Paris.

Stella

Originaire de la planète Solaria,
la fée de la lune et du soleil a une très
grande confiance en elle. Un peu trop,
parfois ! Et puis, elle attache tant
d'importance à son apparence…
Heureusement qu'elle est aussi
vive que drôle.

Amore est sa connexion
parfaite.

fIora

Fée de la nature, douce et
généreuse, elle est à l'écoute des
plantes et elle sait leur parler.
Cela nous sort de nombreux mauvais
pas ! Dommage qu'elle manque
parfois de confiance en elle.

Chatta
est sa connexion
parfaite.

Digit est sa connexion parfaite.

Directe et droite, elle est d'une grande débrouillardise. Normal, elle est la fée des sciences et des inventions. Elle maîtrise toutes les technologies, auxquelles elle ajoute un zest de magie.

Tune est sa connexion parfaite.

Orpheline, la fée de la musique est très sensible et pleine d'imagination. Face au danger, sa musique devient parfois une arme !

Layla. Venue de la planète Andros, la fée des sports est particulière- ment courageuse. Dernière arrivée dans le groupe des Winx, elle a eu du mal à y trouver sa place. Peut-être parce qu'elle se vexe facilement. Aujourd'hui, pourtant, nous ne pourrions plus imaginer le groupe sans elle !

Piff est sa connexion parfaite.

L'université des fées est dirigée par l'adorable **Mme Faragonda**.

Rigide et autoritaire, **Griselda** est la surveillante de l'école.

Au royaume de Magix, un lieu hors du temps et de l'espace, la magie est quelque chose de normal. En plus d'Alféa, d'autres écoles s'y trouvent : la Fontaine Rouge des Spécialistes, la Tour Nuage des Sorcières, le cours de sorcellerie Bêta.

Saladin est le directeur de la Fontaine Rouge. Sa sagesse est comparable à celle de Mme Faragonda.

Ah ! les garçons de la Fontaine Rouge… Sans eux, la vie serait beaucoup moins intéressante. Nous craquons pour eux parce qu'ils sont charmants, généreux, dynamiques… Dommage qu'ils aient tout le temps besoin de se sentir importants et plus forts que les autres.

Prince Sky. Droit et honnête, l'héritier du royaume d'Éraklyon sait mieux que personne recréer un esprit d'équipe chez les garçons. Son amour me donne confiance et m'aide à triompher des pires obstacles.

Brandon est aussi charmant
que dynamique et spontané.
Pas étonnant que Stella
craque pour lui.

Riven apprend à maîtriser son
impulsivité et son orgueil. Il voit
beaucoup moins la vie en noir
depuis que Musa s'intéresse à lui.

Timmy est un jeune homme
astucieux qui se passionne
pour la technique. Avec Tecna,
forcément, ils se comprennent
au quart de tour.

Hélia est un artiste plein
de sensibilité. Flora n'en
revient pas, qu'un garçon
pareil puisse exister.

Convoité par les forces du mal,
Magix est le lieu d'affrontements
terribles.

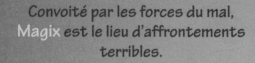

Valtor est un sorcier
extrêmement puissant. D'autant
plus qu'il cache son caractère
cruel et malfaisant sous une
apparence charmante. Son tour
préféré : transformer en monstre
toute personne qui s'oppose à lui. Ensuite,
soit le monstre sombre dans le désespoir,
soit il devient son esclave.

Les Trix ont été élèves à la Tour Nuage. Mais toujours à la recherche de plus de pouvoirs, elles ont fini par arrêter leurs études de sorcellerie. Elles préfèrent s'allier avec les forces du mal. Elles nous détestent, nous les Winx.

Icy, qui est à la fois l'aînée des Trix et leur chef, a pour armes préférées les cristaux de glace, le blizzard, les icebergs.

Stormy sait déclencher tornades et tempêtes.

Darcy utilise des sortilèges mentaux : elle crée des illusions de toutes sortes qui peuvent rendre fou.

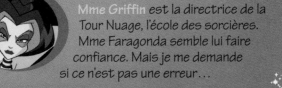

Mme Griffin est la directrice de la Tour Nuage, l'école des sorcières. Mme Faragonda semble lui faire confiance. Mais je me demande si ce n'est pas une erreur…

Résumé des épisodes précédents

Nous venons de récupérer les Étoiles d'Eau, dont le pouvoir est égal à celui du feu du dragon. Avant de repartir pour Magix, mes amis et moi nous reposons près d'un lac magnifique. Je suis assise à côté de Sky, un peu à l'écart des autres, et je meurs d'envie de me glisser dans ses bras. Mais le souvenir de son histoire avec Diaspro forme une barrière entre nous…

Je me rappelle très bien ce jour où il était venu me rejoindre par surprise, dans la cour centrale d'Alféa… Griselda venait de nous punir, nous, les Winx : interdiction de quitter l'école, tant que nous n'avions pas rangé la gigantesque bibliothèque…

Chapitre 1

Une merveilleuse invitation

Layla m'attrape par l'épaule :

— Hé, Bloom, tu as de la visite !

Je me retourne et découvre, adossé à sa moto volante, mon charmant prince d'Éraklyon. Je cours vers lui et lui saute au cou.

— Sky !

Il me serre dans ses bras.

— Bloom... Je dois rentrer à la Fontaine Rouge, mais tu me manquais déjà. Alors, j'ai fait un petit détour...

Ses yeux se mettent à briller.

— J'ai quelque chose à te demander...

— Vas-y.

— Demain, à Éraklyon, nous allons fêter les mille ans du royaume. J'aimerais en profiter pour annoncer au monde entier que tu es ma fiancée. Enfin... si tu es d'accord, bien sûr.

Je le regarde, stupéfaite.

— Au monde entier ? Tu crois que ça va les intéresser ?

Il rit. Mais la vraie question, celle que je n'ose pas lui demander, c'est celle-ci : moi, Bloom, née de parents inconnus, est-ce que je pourrais vraiment me

fiancer au prince le plus charmant de la dimension magique,
Sky d'Éraklyon ?

— Je veux que tout le monde
sache à quel point tu comptes
pour moi, ajoute-t-il.

Je me blottis contre lui, trop
émue pour parler.

— Ça veut dire que tu es
d'accord ?

— Bien sûr, Sky ! Rien ne
pourra m'empêcher de fêter nos
fiançailles ! Euh... sauf, peut-
être, la punition de Griselda.

Après nos cours de l'après-
midi, la surveillante nous

conduit, mes amies et moi, dans la bibliothèque de l'école. En chemin, elle nous rappelle que, pour le rangement, il nous est absolument interdit d'utiliser la magie.

Mlle Barbatéa, la bibliothécaire, nous accueille avec sa voix fluette et ses grosses lunettes rondes.

— Merci d'être là, mesdemoiselles.

Elle semble ignorer qu'il s'agit d'une punition !

Griselda désigne un énorme tas de livres dans un coin de la

pièce. Et Mlle Barbatéa nous explique :

— Ceux-là se croient tout permis. Certains ont même très mauvais caractère ! Il faut les remettre à leur place.

Elle attrape un lourd volume, orné de signes dorés. Dans un nuage de poussière, elle le met entre les mains de Tecna. Les mini-fées, qui nous accompagnent, se mettent aussitôt à éternuer.

Curieuse, Tecna commence à feuilleter le livre... qui s'ouvre et montre les dents, prêt à la mordre !

Tecna pousse un cri et le laisse tomber.

— Ces livres doivent être manipulés avec précaution, nous avertit Mlle Barbatéa. Ils détestent qu'on ne les prenne pas au sérieux.

— C'est normal, pour des manuels de sortilèges ! remarque Flora.

Chapitre 2

Combat dans la bibliothèque

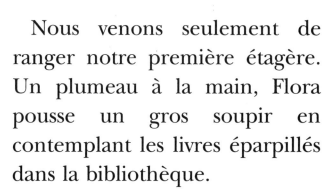

Nous venons seulement de ranger notre première étagère. Un plumeau à la main, Flora pousse un gros soupir en contemplant les livres éparpillés dans la bibliothèque.

— Griselda a été dure avec nous. On en a pour trois mois !

— Il ne faut pas exagérer, dit Tecna. D'après mes calculs, si on garde le même rythme, on aura fini mardi prochain.

Ma gorge se serre.

— Mais alors, ce sera trop tard pour la fête d'Éraklyon : elle a lieu dimanche ! s'exclame Musa.

Aussitôt, Stella s'effondre dans un fauteuil, et feuillette un livre, tandis que Layla, au contraire, redouble d'énergie.

— Pas question de baisser les bras ! Bloom a un rendez-vous très important. Et je tiens à ce qu'elle y aille.

Je lui souris avec reconnais-
sance.

Mais Stella reprend :

— Dimanche, c'est demain...
Je ne vois vraiment pas comment
on pourrait terminer à temps, je

vous rappelle qu'on n'a pas le droit d'utiliser nos pouvoirs...

D'un geste élégant, elle tapote son menton.

— Sauf si on utilise une magie qui n'est pas la nôtre... Comme celle des livres, par exemple. On ira beaucoup plus vite et on respectera la consigne de Griselda.

— J'évalue vos chances de succès à... dix pour cent, intervient

Digit, la connexion parfaite de Tecna.

— Il n'est pas question qu'on triche ! proteste Layla. Griselda et Barbatéa nous font confiance.

— Layla a raison, la soutient Musa.

Mais Stella prend son air malicieux et, comme si de rien n'était, elle regarde le livre qu'elle tient depuis tout à l'heure.

— Je sens qu'un très gentil génie comme celui d'Aladin vit là-dedans...

Malheureusement, c'est un horrible monstre qui jaillit du livre. Il se met à grossir, grossir, et finalement, il se dresse devant nous, prêt à nous attaquer.

— Qui ose me déranger pendant mon sommeil ? rugit le monstre.

Je prends les choses en main :

— Vite, Layla, emmène les mini-fées à l'abri ! Ensuite, reviens monter la garde. Si un professeur arrive, préviens-nous. Attention, les filles, magie des Winx !

Quelle bagarre ! Ce monstre est vraiment très coriace ! Ses pouvoirs magiques nous blessent à plusieurs reprises. Et chaque fois que nous nous cognons contre les étagères, nous faisons tomber d'autres livres...

Mais nous trouvons une bonne tactique !

D'abord, Musa et Tecna unissent leurs pouvoirs pour emprisonner le monstre dans

une gigantesque portée musicale.

Ensuite, Flora lui ligote les jambes avec des lianes à croissance rapide.

Et enfin, grâce au feu du dragon, je transforme notre adversaire en mini-monstre.

Ce qui permet à Stella de l'enfermer à nouveau dans le livre.

Par chance, un grand nombre de manuels ont été effrayés pendant la bagarre.

Pour se protéger, ils ont préféré se ranger tout seuls, ce qui va nous faciliter la tâche. Malgré ça, je me demande si nous allons réussir à la ranger à temps, cette bibliothèque...

Je ne vais quand même pas rater l'invitation la plus extraordinaire de ma vie à cause d'une punition !

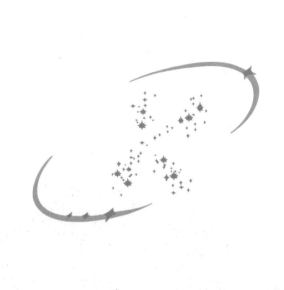

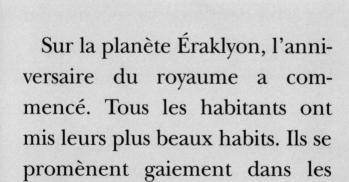

Chapitre 3

Ce que Bloom ne sait pas

Sur la planète Éraklyon, l'anniversaire du royaume a commencé. Tous les habitants ont mis leurs plus beaux habits. Ils se promènent gaiement dans les ruelles.

Tout le monde profite de cette

journée de fête. Tout le monde...
sauf une personne, qui
contemple d'un œil méprisant la
foule, assise sur un canapé,
devant une fenêtre du palais : la
princesse Diaspro.

— Qu'attendez-vous pour sor-
tir, princesse et aller vous amu-
ser ? lui demande sa servante en
lui présentant une magnifique
robe de soirée sur un mannequin.

— Je n'ai rien à fêter ! hurle
Diaspro de sa voix aiguë.
Emporte cette robe, je ne veux
plus la voir !

Furieuse, elle renverse le mannequin.

La servante a l'habitude du mauvais caractère de la princesse : elle ne se laisse pas intimider.

— Je croyais que vous vouliez

la porter à la soirée donnée au palais...

— Je n'y aurai pas la place que je mérite ! Figure-toi que cet imbécile de Sky a invité sa petite fée chérie. Maintenant, fiche-moi la paix !

La servante s'éclipse et Diaspro se place devant un miroir.

— Sky est persuadé que Bloom est plus belle que moi. Il est complètement aveugle !

Soudain, dans le reflet, apparaît l'image d'un beau jeune homme au sourire inquiétant : Valtor.

— Ma pauvre Diaspro ! Je comprends ce que tu ressens.

La princesse pousse un cri d'effroi. Elle se retourne : il n'y a personne derrière elle. Le sorcier Valtor sort du miroir et lui sourit.

— N'aie pas peur, je viens t'aider.

— Qui êtes-vous ? D'où venez-vous ? Partez tout de suite ou j'appelle les gardes !

— Ce serait dommage ! Grâce à moi, tu pourrais réaliser tes rêves... Par exemple, te débarrasser de cette Bloom. Qu'en penses-tu ?

Il ouvre la main droite et la tend vers Diaspro. Au centre de sa paume, se trouve un flacon rouge.

— Voilà un philtre d'amour, ma chère. Celui qui le boira tombera immédiatement amoureux de toi...

Chapitre 4

Entraînement de princesse

Dans la bibliothèque, la pile de livres diminue lentement.

— Au fait, Bloom, demande Flora, tu as des détails sur la fête ?

— Euh, non. Je sais juste que je vais être super intimidée.

Stella sautille près de moi, très excitée.

— Mais non, voyons ! Sky ne te quittera pas d'une semelle et vous serez beaux comme des anges, tous les deux.

— Si Stella le dit, c'est sûrement vrai ! approuve Tecna.

— Tous les projecteurs seront braqués sur vous, continue Stella avec enthousiasme. Les gens se bousculeront pour vous voir de près. Les journalistes se battront pour prendre la plus belle photo de vous, qui sera publiée en première page !

Au lieu de me rassurer, la description de Stella me panique encore plus. Ma connexion parfaite remarque ma drôle de tête.

— Allons, Bloom. Tu as déjà affronté des situations beaucoup plus dangereuses que celle-là !

— Et si on faisait une pause ?

On l'a bien mérité ! suggère soudain Layla. Le temps d'apprendre à Bloom deux ou trois trucs qui feront d'elle une princesse parfaite.

Je souris.

— Ce serait vraiment bien ! La dernière fois que je suis allée à Éraklyon, j'ai enchaîné les gaffes et tout le monde s'est moqué de moi.

— Alors c'est parti pour l'entraînement de princesse !

Stella attrape un livre, le pose sur sa tête et commence à marcher avec.

— Fais comme moi, Bloom.

Il paraît que cet exercice oblige à se tenir droite. Mais quand j'essaie... *Boum !* Le livre n'arrête pas de tomber.

Enfin... au début. Parce qu'au bout d'un moment, ça va mieux. Quand Stella est satisfaite du

résultat, elle me montre comment tenir avec élégance une tasse de thé et sa soucoupe. Je me concentre tellement sur la délicatesse de mes gestes que c'est la soucoupe que je porte à mes lèvres. Quel fou rire !

— La vraie noblesse se voit au premier coup d'œil, m'explique Stella. Regarde-moi : le menton levé, les sourcils bien hauts, le nez pincé...

— Comme ça ?

En me voyant imiter la fée de

Solaria, ma mini-fée s'évanouit d'horreur : je ressemble à un monstre !

— Bon, finalement, je crois que je vais garder mon style. Moi, on m'aime quand je suis naturelle !

Mes amies acquiescent.

— Et maintenant, les Winx, au travail, et sérieusement ! Ce serait trop bête que je rate cette fête parce que les livres ne sont pas rangés !

Quelle course ! Même les mini-fées nous aident : elles se mettent à plusieurs pour porter des ouvrages.

Et enfin, Layla range le dernier volume à sa place. Sans magie, seulement grâce à notre volonté et notre énergie, nous avons réussi à faire ce qui nous semblait insurmontable.

La bibliothèque est impeccable, avec ses manuscrits alignés sur les présentoirs, les livres dans les rayons, les formules magiques dans leurs vitrines.

Mme Faragonda et Griselda viennent vérifier notre travail.

— Je suis impressionnée, reconnaît Griselda.

— Bravo mesdemoiselles, ajoute Mme Faragonda. Comme promis, vous avez la permission d'aller à Éraklyon.

— Génial ! Allons vite nous préparer !

Chapitre 5

Cauchemar et rêve

Flora, Stella, Musa, Tecna et Layla volent autour de moi. Mais au lieu de me sourire, elles ricanent exactement comme les Trix !

— Tu as un problème, Bloom ? me demande Stella d'une voix mielleuse.

— Tu peux tout nous raconter. Nous sommes tes vraies amies, ajoute Musa, l'air moqueur.

Je veux les chasser mais je n'ai plus mes ailes !

— Allez-vous-en ! J'ai besoin d'être seule.

— Tu n'as pas à avoir honte. Ce n'est pas de ta faute si tu n'es pas douée, dit Flora en me regardant avec pitié.

— Tout le monde ne peut pas devenir une vraie fée, insiste Stella.

— C'est-à-dire une Enchantix ! s'écrie Layla.

Je hurle de toutes mes forces :

— Laissez-moi tranquille !

Mais elles refusent de m'obéir. Soudain, je me retrouve allongée, la tête sur les genoux de Layla, en sueur, dans le vaisseau des Spécialistes.

— Tout va bien, Bloom, calme-toi, me dit Layla de sa voix amicale habituelle.

Je me frotte les yeux.

— Je crois que j'ai fait un horrible cauchemar.

— C'est normal, dit Stella. Tu es un peu nerveuse à cause de ce qui t'attend à Éraklyon.

— C'est vrai. Je me demande ce que les parents de Sky vont penser de moi. Imagine que je ne leur plaise pas...

En m'entendant, Sky laisse le poste de pilotage à Timmy et vient me rejoindre.

— Bloom, mes parents vont t'adorer, j'en suis sûr.

Pourvu qu'il ait raison... En tout cas, réfugiée dans ses bras, je suis beaucoup plus optimiste.

— Hé, les amoureux, on vous a à l'œil ! plaisante Riven.

Nous nous mettons tous à rire. Soudain, nous sommes surpris par une explosion ! Puis par une autre, et encore une autre !

— Ne vous inquiétez pas les amis, dit Sky. Le feu d'artifice enchanté fait partie de l'accueil des invités. Nous approchons d'Éraklyon.

En effet, dans le ciel autour du vaisseau, des fusées multicolores dessinent toutes sortes de symboles magiques. Elles éclairent le somptueux palais royal, avec ses immenses jardins. C'est vraiment magnifique !

Musa interroge Sky :

— J'ai entendu dire qu'il y aurait le plus grand orchestre de l'univers magique. C'est vrai ?

— Absolument.

— Et moi, dit Stella en ouvrant les bras, on m'a parlé d'un gâteau de six mètres de haut !

— Exact.

Riven interpelle son ami.

— Et moi, on m'a raconté que le roi et la reine d'Éraklyon allaient offrir à chacun de leurs invités un scooter volant tout neuf.

— Tu as entendu ça où ? s'étonne Sky.

— En fait, je viens de l'inventer ! Mais on peut toujours rêver...

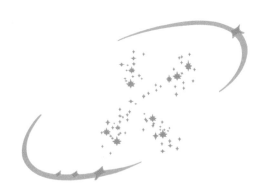

Chapitre 6

Radius de Solaria

Profitant de la nuit étoilée, les invités de la soirée s'installent dans les jardins du palais. Des serviteurs leur apportent des coupes de champagne.

Mes amies et moi avons mis nos plus belles robes, et les

Spécialistes nous regardent, admiratifs. Sauf Sky. Il n'est pas là : en tant que prince héritier, il doit faire son entrée officielle un peu plus tard avec ses parents.

Des pages annoncent les nouveaux arrivants, qui viennent de toutes les planètes de la dimension magique.

— Ses Majestés Royales, le roi Vinedka et la reine Linley de Romuléa... Son Altesse Royale le roi Radius de Solaria, accompagné de la comtesse Cassandra et de sa fille Chiméra...

Stella se retourne en poussant un cri.

— Voilà mon père ! Dire que je ne peux pas l'approcher, à cause de ces pestes qui l'ont ensorcelé... Mais il me manque tellement ! Il faut que je leur dise deux mots, à celles-là !

Flora et moi nous précipitons pour la retenir.

— Non, Stella !

— Ça ne servirait à rien. Elles ne t'écouteraient pas.

— Laissez-moi ! J'en ai vraiment assez de l'influence diabolique de ces deux femmes sur mon père !

Elle nous échappe et se dirige à grands pas vers le petit groupe. Mais un garde aux muscles impressionnants se place devant elle.

— Un problème, mademoiselle ?

Notre amie s'arrête net, ce qui nous laisse le temps de la

rejoindre. Nous la prenons par le bras.

— Non, tout va bien, monsieur. Trop d'émotion, c'est tout.

À cet instant, le page annonce d'une voix forte :

— Les Altesses Royales d'Éra-

klyon. Le roi Erendor, la reine Samara, et le prince Sky.

Les invités applaudissent avec enthousiasme. Sky est magnifique dans ses habits de cérémonie, sa grande cape bleu et or sur les épaules. Et le voilà qui s'avance vers moi, traversant la foule avec son sourire craquant. Il s'incline devant moi puis me prend la main.

— M'accorderez-vous cette première danse, élue de mon cœur ?

— Il faut vraiment que nous dansions devant tout le monde, mon cher prince ?

— Absolument. C'est moi qui dois ouvrir le bal. Et ensuite, je te présenterai à tout le monde comme ma fiancée officielle.

Il me prend dans ses bras et nous commençons à valser. La musique est belle et entraînante,

et Sky danse merveilleusement bien. À moins que ce ne soit grâce à l'entraînement de princesse de Stella ? En tout cas, tout se passe comme dans un rêve.

Quand l'orchestre s'arrête de jouer, mon amoureux se penche à mon oreille.

— Ne bouge pas. Le grand moment est arrivé ! Mais je dois rejoindre mes parents pour l'annoncer.

Sur la route, je vois qu'il croise Diaspro, une princesse dont il était très proche quand il était plus jeune. Je lis sur son visage qu'il n'a pas du tout envie de discuter avec elle. Mais elle insiste. Pour s'en débarrasser, Sky accepte de trinquer avec elle et boit dans la coupe qu'elle lui offre.

Puis il monte sur l'estrade. Le roi Erendor se lève et s'adresse à la foule des invités.

— Mes chers amis, je vous demande un instant d'attention. Mon fils Sky a choisi cette date mémorable des mille ans d'Éraklyon pour nous annoncer une nouvelle très importante...

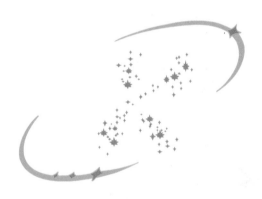

Chapitre 7

Un terrible choc

Souriant et très à l'aise, Sky s'avance pour prendre la parole. Mon cœur bat à mille à l'heure. Pourvu que je ne m'évanouisse pas de bonheur !

— Merci à tous d'être présents pour ce grand événement. J'ai une confidence à vous faire. La jeune fille la plus sensible, la plus douce et la plus belle de toute la dimension magique est ici ce soir. Et c'est avec elle que j'ai décidé de partager ma vie entière.

Près de moi, Riven donne un coup de coude moqueur à Brandon.

— Dis donc, il est drôlement amoureux, le prince !

— Mes chers amis et mes chers parents, continue Sky,

permettez-moi de vous présenter celle que j'ai choisie.

Je fais quelques pas vers lui, un sourire aux lèvres, ma peur enfin envolée.

— Je vous présente... la princesse Diaspro ! conclut Sky avec un grand geste en direction de son amie d'enfance.

Quoi ? Mais ce n'est pas possible ! Est-ce que c'est un nouveau cauchemar ? Encore pire que celui de tout à l'heure ?

Diaspro court vers Sky qui la fait tournoyer. Mes amis poussent des exclamations de surprise et d'horreur. Même

Riven trouve l'attitude de Sky odieuse.

Moi, j'ai tellement de larmes dans les yeux que je ne vois plus rien. Je fais quelques pas en arrière et je murmure :

— Aidez-moi, les amies...

Stella me prend par les épaules.

— Tiens bon, Bloom. Il y a sûrement une explication logique à tout ça.

Je secoue la tête.

— Non. C'est évident... Sky aimait Diaspro avant de me rencontrer. Peut-être qu'il n'a jamais cessé de penser à elle.

— Si c'est vrai, dit Stella avec

colère, c'est qu'il s'est moqué de toi ! Et celui qui se moque d'une Winx se moque de toutes les Winx. Il va devoir s'expliquer, c'est moi qui vous le dis !

Notre amie bouscule les invités et se dirige vers l'estrade. Je vois

Diaspro murmurer quelque chose à l'oreille de Sky, l'air effrayée. Et Sky ordonne d'une voix forte en nous désignant :

— Gardes ! Capturez ces sorcières !

Stella est obligée de revenir vers nous. Le roi Erendor se penche vers son fils.

— Que se passe-t-il, Sky ?

— Ces jeunes filles sont des sorcières au service de Valtor. Il faut les arrêter !

Cette fois, c'en est trop ! Je ne suis pas une sorcière ! Et si Sky ose dire quelque chose d'aussi

affreux, c'est que lui aussi a été ensorcelé, exactement comme le père de Stella.

Je suis prête à me battre mais mes amies m'entraînent.

— Fuyons, Bloom ! Sky est

le prince héritier d'Éraklyon, ne l'oublie pas. Personne ne croira qu'il est sous l'emprise de Valtor.

En passant devant Radius de Solaria, j'entends Cassandra chuchoter :

— Stella et ses amies créent des problèmes partout où elles passent. Je me demande ce qu'on leur apprend dans cette école de fées...

Chiméra pouffe de rire. Quelles vipères, elle et sa fille !

Nous courons le plus vite possible vers le fond des jardins. Bien sûr, nous pourrions nous servir de nos pouvoirs magiques contre les gardes, mais nous ne voulons pas les blesser. Ils obéissent seulement aux ordres de leur roi.

Nous atteignons un immense labyrinthe végétal, avec d'épaisses haies couvertes de fleurs. C'est le moment de mettre en pratique ce que Palladium nous a appris sur le déplacement en terrain inconnu !

Nous nous débrouillons plutôt bien... beaucoup mieux que les gardes, qui se perdent derrière nous. Mais voilà le roi Erendor qui vient les encourager.

— Pas de pitié pour ces sorcières ! Tirez !

Des balles de feu trouent la haie.

Heureusement, Flora lance aussitôt aux pieds des gardes une plante grimpante qui leur bouche le passage.

Ouf ! Nous arrivons au vaisseau spatial, que les garçons ont préparé pour le décollage.

Nous pensons être sauvées.
Mais nous nous retrouvons nez à
nez... avec Sky !

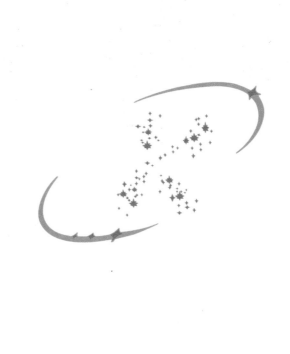

Chapitre 8

Un nouvel Enchantix

Il me suffit d'une demi-seconde pour vérifier que Sky est toujours prisonnier du sortilège. Je vois la marque de Valtor dans ses yeux.

— Vous avez commis une grave erreur, sorcières ! annonce-t-il en pointant son arc sur nous.

— Impossible de se passer plus longtemps de magie, décide Layla. Laissez-moi faire !

Et elle se transforme en Enchantix. Secouant ses ailes, elle remplit l'air de poussière de fée. Une muraille magique invisible se dresse alors autour de nous. Les flèches de Sky et les balles des gardes rebondissent dessus.

Je m'approche de Sky et le regarde droit dans les yeux, à travers la muraille magique.

— Que t'est-il arrivé, Sky ? Qu'est devenu notre amour ? Où est le prince que j'aimais ?

Mais mes paroles n'ont pas l'air de le toucher. Il hurle encore plus fort :

— Tais-toi, sorcière ! Je refuse d'écouter tes mensonges !

Malgré mon immense chagrin, je dois me sauver.

Mes amies et moi commençons à entrer dans le vaisseau spatial, quand un tir atteint Flora dans le dos. Elle s'effondre.

Je me retourne. C'est à nouveau Sky, qui chevauche un dragon à présent. Grâce à l'animal volant, il est passé au-dessus de la muraille qui nous protégeait. D'un seul coup, ma tristesse se transforme en colère.

— Les Winx, occupez-vous de Flora ! Je me charge de Sky.

Et je lui envoie un sort, juste

assez fort pour l'arrêter sans le blesser. Les Spécialistes en profitent pour porter Flora à l'intérieur du vaisseau.

— Traîtres, vous ne voyez pas que vous êtes ensorcelés ! crie Sky à ses anciens amis.

D'autres dragons surgissent, mais les Winx volent à mon secours. Dans le ciel, une véritable bataille éclate. À cause des jets de flammes des dragons, plusieurs incendies s'allument dans les jardins. Le roi et la reine d'Éraklyon se réfugient à l'intérieur du palais. Les invités se précipitent vers les vaisseaux et s'envolent vers leur planète d'origine.

Le roi Radius voudrait bien en faire autant... Mais une boule de feu l'a atteint aux jambes. Ne pensant qu'à leur propre fuite, Cassandra et Chiméra refusent de l'attendre et ordonnent au vaisseau royal de Solaria de décoller sans son roi.

C'est Stella qui entend l'appel au secours de son père blessé. Un dragon est prêt à l'attaquer. N'écoutant que son cœur, la princesse de Solaria s'interpose. Elle met toute son énergie à protéger son père. Mais quand le dragon renonce enfin et s'éloigne, elle est tellement fatiguée qu'elle s'évanouit.

Alors, quelque chose se produit chez Radius. Malgré tout le mal qu'il lui a fait, sa fille lui a sauvé la vie.

Quand il la voit s'effondrer, il est tellement ému que des larmes jaillissent de ses yeux... et annulent le sort jeté par Valtor.

Dans les bras de son père désespéré, Stella ne bouge plus. Mais voilà que des ailes gigan-

tesques et merveilleuses surgissent dans son dos... Une
lumière extraordinaire l'entoure.
Notre amie s'est transformée en
Enchantix !

Aussitôt, la poussière de fée
qui se trouve sur ses ailes
déclenche sa guérison magique.
Stella ouvre les yeux et se
redresse.

— Papa ! Enfin, je te retrouve
tel que tu es vraiment, et tel que
je t'aime !

Mais elle ne peut pas discuter
plus longtemps avec lui, car nous
devons fuir au plus vite le palais
d'Éraklyon.

Dans le vaisseau qui nous emporte vers Alféa, un désespoir immense m'envahit. Seule la guérison de Radius me donne un minuscule espoir : celui qu'un jour, Sky lui aussi soit délivré du sortilège qui l'aveugle.

FIN

Quel nouveau plan maléfique les Winx devront-elles déjouer ? Pour le savoir, regarde vite la page suivante !

Bloom et ses amies sont prêtes pour de nouvelles aventures !

Winx Club 25
Le prince ensorcelé

Grâce au philtre d'amour préparé par Valtor, Diaspro va se marier avec le prince Sky... Mais c'est compter sans les Winx, qui sont bien décidées à l'en empêcher !

Les fées réussiront-elles à réunir Bloom et son amoureux ?

Les as-tu tous lus ?

Retrouve toutes les histoires de tes fées préférées
dans les livres précédents…

Saison 1

1. Les pouvoirs
   de Bloom

2. Bienvenue
   à Magix

3. L'université
   des fées

4. La voix
   de la nature

5. La Tour
   Nuage

6. Le rallye
   de la rose

Saison 2

7. Les mini-fées

8. Le mariage
   de Brandon

9. L'étrange
   Avalon

10. À la poursuite
    du Codex

11. Sur la planète
    du prince Sky